中国诗人

董文征 著

YANG
WANG
YUE
LIANG

仰望月亮

北方联合出版传媒(集团)股份有限公司
春风文艺出版社
·沈阳·

图书在版编目（CIP）数据

仰望月亮 / 董文征著. —沈阳：春风文艺出版社，2023.7

（中国诗人）

ISBN 978-7-5313-6449-8

Ⅰ.①仰⋯ Ⅱ.①董⋯ Ⅲ.①诗集—中国—当代 Ⅳ.①I227

中国国家版本馆CIP数据核字（2023）第097712号

北方联合出版传媒（集团）股份有限公司
春风文艺出版社出版发行
沈阳市和平区十一纬路25号　邮编：110003
辽宁新华印务有限公司印刷

责任编辑：韩　喆	责任校对：张华伟
装帧设计：Amber Design 琥珀视觉	幅面尺寸：125mm × 195mm
印　　张：6.5	字　　数：116千字
版　　次：2023年7月第1版	印　　次：2023年7月第1次
书　　号：ISBN 978-7-5313-6449-8	定　　价：38.00元

版权专有　侵权必究　举报电话：024-23284391
如有质量问题，请拨打电话：024-23284384

题　记

我的心，跳动在远方
那里有我童年的向往
莽莽起伏的昆仑
奔腾的黄河长江
可我，从未离开家乡

假若，我去了远方
定会日夜思念故乡
山，称不上高耸
河，只是一道清泉
却给了我一生，追求的力量

远方，是太阳升起的地方
家乡，是仰望的月亮

序

心灵的仰望

海 昕

父亲是屹立于家乡的一座山峰。

他指引着我们后辈前行的方向，给予我们大山一样挺拔的脊梁和无穷力量。父亲一生都没走出大山，他把根深扎家乡的沃土，心却始终眺望着远方。

父亲从小酷爱诗歌，也深爱着哺育他的乡村土地，立志坚守乡土也要成为乡土诗人。他做到了。父亲在20世纪80年代创办了海城诗社，陆续在《诗刊》《星星》等国内诗歌刊物发表诗歌；退休后笔耕不辍，先后出版了三部诗集：《在乡土上空飞翔》《奔流的泉水河》《沃土与彩虹》。现在，第四部诗集《仰望月亮》又呈现在我们面前。

父亲身在家乡，却胸怀天下。"一朵流云／飘过潇洒的影子／／一只雄鹰翱翔／留下苍劲的影子／／一块巨石在夜空中闪亮／是星辰留下的影子∥我用热泪写下诗行／是我留在田垄上，爱的影子"(《影子》)；"他也想把家乡称作故乡／却把一生在大山中／安放。那未曾翱翔的翅膀／始终以展翅的姿势，向着远方"(《证书》)。从《大漠骑手》这首诗中，我们也可以窥见父亲胸中的壮志豪情："他身上的包裹／装满远方的向往／背负亲人期待的目光／大漠，留下一行蹄印／仿佛鹰，飞过的影子∥望着他在荒漠里闪过的身影／我听见／骏马奔腾的嘶鸣"。父亲又是一位有着大山一样倔强性格的土生土长的山里人，家乡的一草一木就是他的乡魂："爷爷说，我诞生那第一声啼哭／就有了大山的性格／就有了属于我的一捧乡土／就有了山中陪伴我的一草一木∥父亲说，家乡最高的山顶上／有我一双远眺的眼睛……小村的草木、山石、河流／那就是我的乡魂哪／纵然远走千里，也拔不出家乡的根／无论走到哪里，我挺起腰身／就像家乡／屹立的山峰"《乡魂》。

父亲退休前大部分时间在乡镇企业工作，改革开放初期也曾创业办企业。他有过令人艳羡的成功，也遭遇过崎岖和挫折。他一直教育我们做人要诚实、做事要诚信、交友要坦诚，在商海中，父亲就像大山中的一股清泉，如同他写的诗一样："凄雨中孤独奔波／谁能为我，撑把伞／谁能为我，提一下泥泞的鞋／谁能为我擦拭，风雨中的泪水／／花开时的那些蜂儿蝶儿呢／像流水，从岁月的筛网逝去……剩下的是几颗顽石／日月验证，是恒星／不离不弃，是我的好兄弟……落下去的太阳／不是沉落海底的石头"(《筛》)。《强者》这首诗，更能体现出父亲百折不挠、坚毅顽强又乐观豁达的品格："把一路的绊脚石／垒成瞭望台／／把一根根以为救命的稻草／集中起来扎成捆／／把暗中刺来的血刃／拧成一根钢绳／以为他会倒下／无法再站起来／／不！他用刚毅的奋勇／／山一样昂然耸立"。他把拦路的绊脚石垒成瞭望台，在瞭望台上看见光明；他把救命的稻草集中起来扎成捆，做成航标；他把暗中刺来的刀子拧成钢绳，把小人暗算的阴险血腥投进大海。父亲用夸张的手法，充分展示了大无畏的英雄气概和正义必胜的坚定信念："朝霞只赐给迎接日出的人／那些敢于冲破黎明／让人生闪耀辉煌的人"。

我出生时就没有看见过祖母。父亲说祖母在他读高中时不幸罹病离世了，她是大山养育的一位勤劳、善良、慈祥的母亲。从父亲的诗句中，可以读出他对母亲深深的眷恋和怀念："琴声化开了母亲病中的呻吟／脸上浮起慈祥的笑容／／突然，一根琴弦断了……小屋陷入永久的沉静∥沉静的琴弦落满灰尘∥像泪水流尽，寂寞无声……琴声，凝固成永恒的冰凌／我腾空跃起的力量／能把崇山峻岭踏平∥母亲最后那一缕慈祥的笑容／激励我，闯荡一生"（《琴声》）。记得父亲说起过他年轻时学过拉二胡，但我从没有见过他拉二胡，从这首诗中隐约找到了答案。父亲写其母亲的诗感人至深，比如《种谷子》："山坡上，一块种谷子地／幼时，妈妈常带我／干农活种谷子……耳畔回响着妈妈的一句话／'跑出大山的孩子才有出息'∥多少次梦见妈妈／还在那谷子地里干活／她向我张望，频频挥动／我儿时那件补丁缀补丁的上衣／当我返乡探望妈妈／那块谷子地里，多了一个土丘／妈妈把自己，也／种到地里／我，是她结出的／一粒谷子"。再比如《落叶》："暮秋时节，落叶／像飘浮尘世的心／落回母亲的怀抱∥母亲教会的那首歌／再一次轻轻吟唱／一生表达不尽的爱／再一次悄悄献给母亲∥哪怕只剩一点微弱的心跳／也要穿透泥土／贴紧母亲的心"。父亲不仅书写自己的母亲，也以远赴他乡的儿孙的视角讴歌母亲。比如《关爱》这首诗，父亲以换位的第一人称方式，描写孩子从外地给母亲寄回了照片，母亲很是高兴，但欣喜之余，细心的母亲从照片中发现了孩子在异乡闯荡的压力和艰辛："夜里，响起母亲的电话／要我保持在家时的笑容／要我恢复奕奕的眼神／要我像以前那样挺直脊梁／敲敲胸脯，就有家乡／大山的回声／／我心中滴出泪／打湿了眼睛／阳光一样的母亲哪／又一次，撑起我奔波异乡的天空"。

父亲的诗歌语言淳朴，没有华丽的辞藻，却诗意浓厚，富有哲理和哲思，读起来贴近日常、亲切感人。这要归因于其诗歌是现实主义的，素材均取自其身边的乡村生活、乡村物事，并发自内心，很接地气。父亲的诗饱含浓浓的乡土气息，就像山中一股清泉，源于自然又清冽甘醇。我们来看《山中小道》："仿佛一根藤条，从空中垂下／那人往上登攀／像一只灵巧的猫／更像一滴露珠／融入半山云端／／日复一日，那人在果林／风一样飘荡／收获时节，传递芬芳／醉红了／一座山／犹如天堂飘落的锦霞／在他心中灿烂"。寥寥数语，就把一位久居深山的果农形象呈现在读者面前。把山中小道比喻为空中垂下的一根藤条，把果农每天沿着小道登山这样一个简单重复的动作，比喻为一只灵巧的猫攀爬藤条，可想而知果农的步伐有多么矫健轻盈。接下来的比喻更似神来之笔："更像一滴露珠／融入半山云端"。我们在生活中通常都会看到过一滴露珠在藤蔓上滚动的情景，但能够把这一形象与农人沿小路登山联系起来，可见诗人丰富的想象力。而"融入半山云端"，一语道出果农山居生活的怡然自得，与唐朝大诗人杜牧的"远上寒山石径斜，白云生处有人家"有异曲同工之妙。再看诗的下半段，秋天是收获的季节，漫山红遍，瓜果飘香，"醉红了／一座山"，诗人的想象力并未到此结束，"犹如天堂飘落的锦霞／在他心中灿烂"，从而把这首短诗升华到了新的高度。

改革开放以来，一方面通过读书、高考走出乡村的人越来越多，另一方面出现了远走异乡的创业者或农民工潮；同时也有一部分人留在了家乡，坚守一方沃土。对于这种现象，父亲在《乡土》中这样写道："乡土虽不流油，却养育小村／一代代顶天立地的灵魂∥走出去的，驰骋万里山川／血液里回荡山泉奔涌的声音∥留下来的，耕作一方天地／守护着永不枯竭的乡土∥一年一度天涯闯荡，累了倦了就返乡／一年一度播种希望，收获苦与甜∥他们都连着／深扎乡土的——根"。诗人对奔赴异乡闯荡的人、留守家乡耕耘的人，给予了同样的赞美，而且他们都是小山村养育长大的，连着同一个家乡的根，有着同一个家乡的梦。这首诗透露出父亲平等、博爱的思想，诗意亲切而温暖。

父亲对家乡这土地"爱得深沉"。在《低沉》这首诗中，他是这样描写山村里一位一辈子耕田种地的农民老人逝世的场景："一辈子，像长在地里的庄稼／如今，连根也翻入大地……为他壮行的唢呐声／压低了流云／地上小草齐刷刷鞠躬∥唢呐低沉，大地疼痛／痛得大地——／又隆起一座山峰"。低沉的唢呐、翻入大地的庄稼、压低的流云、鞠躬的小草、疼痛的大地，这一系列沉重的词语和意象最终指向一位平凡而伟大的农民——大地又隆起的一座山峰。再看《老井》首段："岁月深处的这眼老井／周围石头，已被月亮磨圆／谁也说不出它的年龄"。看似平常的三行，把村里这眼老井悠久的历史底蕴活灵活现地展现了出来。周围的石头，已被月光磨圆，诗人运用通感笔法瞬间把读者带入诗中。诗人在写村里用上自来水后，有人提议填平这废弃的老井时，"五爷劈手横着／指着辘轳、绳索的沟痕／那是多少代人辛酸的泪纹∥只有这眼老井／能讲述往昔的苦与痛／填平，就切断了／山村人的神经，掩埋了／山村祖辈的碑文"，勾起人们对山村祖辈人历尽艰辛、代代相传的祭奠缅怀之情，这就是乡村的文化传承，乡村之魂。

父亲像一座灯塔照耀着儿女子孙前行的方向。由于没有赶上好光景，他被迫辍学，他也像大多数父母一样，把未实现的理想寄托在子女身上。他注重家族文化传承并以身示范，勉励我们后辈要珍惜时光、立志成才、报效祖国。正如他在《一棵枯树》中所写："漫山绿丛中／一棵倔强的枯树，挺拔着／虽然失去了葱茏／根，还深扎在岩层缝隙／撑起一小块蓝天／我仿佛看见这棵树／飘荡的灵魂／在山坡下一座小院里闪光／一个枯瘦刚毅的身躯，苍老／仍支撑小院的门∥他只要在院子中央一站／发出的光，照亮了儿女子孙／远行的路"。父亲教诲我们只有靠自己努力拼搏、不懈奋斗，才能闯下一番天地，才不愧对此生。再来看这首《钥匙》："母亲在田里起早贪黑／为我寻找，一枚深埋土里的钥匙／父亲日里夜里奔波／为我寻找，那枚悬挂在星空上的钥匙∥当我跨进大学校门／导师对我挥挥手，指着眼前的殿堂／郑重告诉我，钥匙在这儿——∥'只有用汗水，亲手去开启／才能打开闪亮的一生'"。这首诗写出了当今父母为了家庭日夜操劳奔波，对孩子充满期待，都希望孩子将来有出息。"可怜天下父母心"，孩子最终能否成为对社会有用的栋梁之材，能否事业有成，这把金钥匙就在每个人自己手中。

父亲鼓励年轻人要走出大山，"好男儿志在四方"，但他又心系子女，对在异乡艰辛闯荡的亲人分外牵挂。他用感人的诗句抒写乡愁，实际是在颂扬青年人勇于奋斗、胸怀理想。且看这首《老家》："一棵参天大树有多高／沃土里，就有多长的根／／石头上生出苔藓的老井／是小山村，永不枯竭的梦／／大河奔腾，每朵浪花／都在回望，山泉给它源源的生命／／身在远方的游子呀／千里万里，童心仍守候家门／／暮色里倚门，等待父母带回／满屋田间的星辉／／如今，失尽年华的双亲倚门期盼／远方的亲人，踏进雪映红灯的家门"。极具画面感的诗句，把我们带回童年的记忆，清晰可见父母亲人倚门期盼的身影。再来看这首带有梦幻色彩的《从家乡返回故乡》："每次从家乡归来／我都带上一把乡土／／次数多了，竟装满一个花盆／长出一棵家乡的月季／／小小居室从此充满家乡的芬芳／仿佛我从未离开家乡的田园／／从此，我不停地从家乡／返回故乡"。诗中的"我"怀着对家乡的眷恋，每次返乡都会带上一把乡土，时间久了，竟然在居室里长出一棵家乡的月季，从此小屋变幻成了"家乡"。进而，每次再返乡，就成了从家乡返回故乡。奇妙的诗句效果，化解了异乡人思乡情绪的沉重，诙谐而乐观豁达的乡愁跃然纸上。

　　父亲一生守候乡土，又一生眺望远方。虽然他现已到耄耋之年，但依然老骥伏枥、志在千里。他在《那棵云松》中，用那棵崖缝间苍老的云松做象征，要寻找挺拔的云松隐藏的少年时的梦："面对云松许下的诺言，隐隐地痛／我要让那棵云松重新见证／我向往的路，无论有多长／我要重新振翅／飞向远方"。父亲上了年纪后，养成了散步的好习惯，他把日常的散步也写成诗，别有一番新意："我把一生走过的路／叠放在暮年休闲的途中／／耳边时常响起号角／那是在前线，曾奋勇冲锋／／我时常抬脚向前奔跑／掠过他人的身影／／是战士，永远心怀激情／倾听世纪的风声雨声，电闪雷鸣"（《散步》）。正如他在《题记》中写的，他的心始终跳动在远方，那里有童年的向往，可他从未离开过家乡。他深知，"假若，我去了远方／定会日夜思念故乡／山，称不上高耸／河，只是一道清泉／却给了我一生，追求的力量"。在父亲的心中，"远方，是太阳升起的地方／家乡，是仰望的月亮"。

如今，我们成了父亲的远方，父亲成了我们心灵的仰望。

2022年10月于北京

海昕，原名董贵昕，中国人民大学金融学博士后，北京师范大学兼职硕士生导师，高级经济师，基金公司高管、诗人，中国诗歌学会会员、《白天鹅诗刊》荣誉主编。出版金融学专著多部，公开发表论文数十篇；出版诗集《微芒》（获第六届"文荟北京"群众文学创作诗歌类一等奖，入围"第四届博鳌国际诗歌奖"），有诗作被译为英语、西班牙语、阿拉伯语等，在国内外文学刊物发表诗歌一百余首。

目 录
CONTENTS

第一辑：情志篇 远方，是太阳升起的地方

背　影	/ 3
钥　匙	/ 5
大漠骑手	/ 6
小　河	/ 7
向　往	/ 8
小 提 琴	/ 9
丢失夜的人	/ 10
百年古槐	/ 11
山 与 云	/ 12
舞　台	/ 13
乡　魂	/ 14
江　河	/ 15
空　间	/ 16
镜　子	/ 17
路　过	/ 18
望 母 校	/ 19
影　子	/ 20
解冻的小河	/ 21

目 录
CONTENTS

风	/22
等	/23
墙　角	/24
抱怨的人	/25
塑料袋与锈铁	/26
无 名 河	/27
一朵花前	/28
溪　流	/29
一 碗 水	/30
日开夜合	/31
赏　荷	/32
证　书	/33
一小块荒地	/34
寄　语	/35
红　枫	/36
雀 与 鹰	/37
小 海 燕	/38
打开另一扇窗	/39
筛	/40
强　者	/41
漂　浮	/43

目　录
CONTENTS

松　针	/ 44
迷　途	/ 45
北方的冬天	/ 46
望　海	/ 48

第二辑：亲情篇　给我一生追求的力量

心　港	/ 51
流　星	/ 52
那棵老树	/ 53
关　爱	/ 54
圆圆的月亮	/ 55
房　子	/ 56
葡萄架下	/ 57
夜　行	/ 58
望	/ 59
爱去的地方	/ 60
一杆秤	/ 61
母亲的快乐	/ 62
收获时节	/ 63
吹竹筒的老人	/ 64

目　录
CONTENTS

高　原	/66
面向远方	/67
路　口	/68
期　待	/69
牵　手	/70
十六岁男孩	/71
盼　望	/74
站立雪中的人	/75
背　包	/76
母亲的旅游	/77
外公的画	/79
蓝天的儿女	/80
不愿猜测	/81
落　叶	/82
他　们	/83
寂　静	/84
惦　记	/85
手　势	/86
一朵云	/87
是　你	/88
衣　裳	/89

目　录
CONTENTS

父　亲	/91
一只猫	/92
灯光与樱花	/93
五　婶	/94
饮料瓶	/95
琴　声	/96
新征程	/98

第三辑：乡土篇　家乡，是仰望的月亮

春　夜	/101
一盆山花	/102
轻　风	/103
山里孩子	/104
槐花香	/105
小村的太阳	/106
小村的月亮	/107
干旱时节	/108
外　婆	/109
冬眠的叶子	/110
山中小道	/111

目　录
CONTENTS

身　影	/112
乡　土	/113
飘动的云	/114
种谷子	/115
插艾蒿	/117
挥汗如雨	/118
邻院大娘	/119
大地的女儿	/121
一棵枯树	/122
低　沉	/123
中秋时节	/124
十月的黄昏	/125
收　割	/126
田野上飘落云朵	/127
寻　找	/128
老　井	/129
听　歌	/130
小村的雪	/131
冬天的杨树林	/134
大年夜的礼花	/135
冰　河	/136

目　录
CONTENTS

冬　影	/137
母校门口	/138
身背琴弦的人	/139
清　晨	/140
大山，我的母亲	/141
从家乡返回故乡	/142
人在征途	/143
族　谱	/144
老房子	/145
老　家	/147
空房子	/148
山坡小道	/149
那棵云松	/150
登　山	/152
旅　人	/153
带上一把乡土	/154
风　筝	/155
青龙山	/156
夜宿九龙川	/157
白云山	/158
夜　色	/159
海城河	/160

目 录
CONTENTS

三江源 / 161

第四辑：七月篇 奔腾的黄河长江

太行山 / 165
红高粱 / 166
红军小战士 / 167
战马 / 168
潜伏 / 169
古城楼 / 170
散步 / 171
晨练 / 173
母亲的叮咛 / 174
地图前 / 175
大海 / 177
湿地 / 178
珍藏 / 179
废墟 / 180
夜航 / 181
我替伯父戴上勋章 / 182
小村的重量 / 184

第一辑
情志篇

远方,是太阳升起的地方

背　影

大海蔚蓝，向他频频招手
波涛举起雪亮的银花
风尘中走来的
背影，挺立成坚固的岩石

被波涛唤醒。离去时
心胸，把一座大海容纳

另一座大海边
一位娉婷女士，海浪
喊出她眼中的泪花
她的背影，伫立成一株红珊瑚

离去时，海风扬起她的披肩长发
像扬起重新远航的帆

大海呀，他们向你倾诉了什么
凡是来你身边的人

你都把一座海

献给他

送给他们扬帆的勇气

送给他们远方的锦霞

钥 匙

母亲在田里起早贪黑
为我寻找，一枚深埋土里的钥匙
父亲日里夜里奔波
为我寻找，那枚悬挂在星空上的钥匙

当我跨进大学校门
导师对我挥挥手，指着眼前的殿堂
郑重告诉我，钥匙在这儿——

"只有用汗水，亲手去开启
才能打开闪亮的一生"

大漠骑手

广漠的大西北
我第一次惊诧
一位骑马的英俊少年
马尾飘成了地平线
他仍不停地挥动马鞭

他身上的包裹
装满远方的向往
背负亲人期待的目光
大漠,留下一行蹄印
仿佛鹰,飞过的影子

望着他在荒漠里闪过的身影
我听见
骏马奔腾的嘶鸣

小 河

从深山喷涌而出
绕过重峦叠嶂

为追赶，盘旋曲折失去的时间
一浪逐一浪

挥尽迂回中积蓄的力量
奋力追求心中的渴望

只为融入大海，汇成波涛
在汪洋中举起
澎湃的浪花

向　往

暗淡狭小的居室

花盆里长出一棵，小小豆角秧

我用小竹竿把它架起

它几次抗议，伸出须手

向窗棂的阳光爬去

我不懂绿色的物语

但我感觉，它有人一样的灵性

向往光明

小 提 琴

临别,你把心爱的小提琴
郑重地送给我
我日日重温你的
春花,夏雨,秋色
重温你琴声中的壮怀激烈
你说,在远方等我

我将琴声汇入沃土
奏响山野的交响乐
田野生金,山坡长银
临秋,漫山遍野
都是对你的倾诉
每一个响亮的音符
都是一片白天鹅的羽毛
向你飞去

丢失夜的人

为了擦亮儿女铮铮铁骨
为了一家人的日子有光
没日没夜奔波,每天
榨出三十六小时的重量

我朝他喊,你把什么丢了
他停下亮灯的车子,微笑

这些丢失夜的人
不再去辨别太阳还是月亮
在没星没月的夜晚,家
就是他心里
永恒的光

百年古槐

你苍老得满脸皱纹
仍遒劲地挺立着身躯
你阅尽世间善恶炎凉
仍散发芳香不染风尘

你敞开的心,如雪似玉
有崇山峻岭的自尊
你是草木中的俗子
甘愿把自身
献给人民

山 与 云

一朵浮云,骄狂
从一座崇山掠过
用睥睨的眼光,斜视山峰
崇山,露出慈祥的笑容

漫天乌云,黑沉沉涌来
将浮云裹挟成雨
只有山,听见了它
摔落的哭声

为了它不被烈日掳去
山,雄浑地昂起头
将它托付给溪流
让它蓄锐,汇入澎湃的大海

舞 台

我凝视,一只山鹰
它苍劲的翅膀不停扇动
却始终不愿飞出
眷恋的群山
落在峭岩上
仿佛欲飞的山石生出翅膀

我惊叹,草原的骏马
四蹄飞越一道道地平线
追逐朝阳和晚霞
它的雄姿,融入辽阔的草原
展示博大恢宏

在这世间的舞台
有人像雄鹰,有人像骏马
追逐人生的辉煌

乡 魂

爷爷说,我诞生的那第一声啼哭
就有了大山的性格
就有了属于我的一捧乡土
就有了山中陪伴我的一草一木

父亲说,家乡最高的山顶上
有我一双远眺的眼睛
弯曲乡路,是我要踏上的旅途
溪水奔流,牵着我的身影
载上小村,与我同行

长大后,我才理解
小村的草木、山石、河流
那就是我的乡魂哪
纵然远走千里,也拔不出家乡的根
无论走到哪里,我挺起腰身
就像家乡
屹立的山峰

江 河

江河奔流的姿势
多么像春天的田野上
一位位农人扶犁耕种

途中的一个个漩涡
那是农人滴洒的汗水
在大地上激起浪花

一次次勇猛的跨越
从不改奔流的本色
涛声中,传来麦浪豪迈的歌

空 间

苍穹留下空间
是辽阔的海洋
舰船行驰往返

大地留下空间
是绿水青山，湿地雪原
人们流连休闲

宇宙留下空间
浩渺无限，一串串问号
科学家在探索几万光年外的奥秘

我给子孙留下什么呢
一个清贫如洗的空间
让他们自己去演绎
一生的灿烂

镜　子

我从墙角的镜子前走过
像被一位陌生人拦住
他惊讶地看着我
仿佛相隔半世
我曾用稚嫩的舌尖舔过镜面
曾在镜前和小伙伴，比过高低

如今，镜子已满脸灰尘
默默在墙角，数着岁月的风雨
我却在寒暑中被风雨扭曲
无意的一次重逢
枯老的心，对视无语

还是那面镜子
落满的灰尘，可以轻轻擦去
映照出我经历的风雨
我却无法找回
昔日的自己

路　过

每当路过母校门口
就像鸟儿留恋巢穴
我又一次驻足，张望
曾打开过的那扇窗

我试图找寻，条椅上的畅想
找寻操场上我如鹰盘旋的身影
找寻两鬓如霜的恩师，是否
还那样硬朗
在他身边的日子，像亲人的雨露
滋润我的心田

我又一次路过母校门口
仿佛又一次向亲人告别
我用潮湿的眼睛回望
颤抖地挥动
布满褶皱的双手

望 母 校

一只翱翔蓝天的雄鹰
返回巢穴
徘徊在母校门前
绕着校园一次次盘旋
多想投入母亲怀抱
像当年离别,泪湿衣衫

再做一次留恋的盘旋吧
凝望烫金字牌的大门
又一次打湿双眼
啊,母校,鹰雏啄食的地方
给了我一双,翱翔的翅膀

影 子

一朵流云
飘过潇洒的影子

一只雄鹰翱翔
留下苍劲的影子

一块巨石在夜空中闪亮
是星辰留下的影子

我用热泪写下诗行
是我留在田垄上,爱的影子

解冻的小河

为谁坚守一个季节
用洁白的冰做衣裙
将妙龄的芬芳包裹
等待一声雁鸣
敞开温暖的胸怀
伴着湿漉漉的春风
舞动大地绿色激情
新年的期待
正从小河中缓缓升腾

风

我第一次看见
风,让水波站立起来
逆流而上,让两岸的柳丝
扇动翅膀

我第一次惊呼
风,如一只偌大的水鸟
吻着河水洁亮的身躯
寻觅家乡的传说,向远古
上游飞去

等

黄昏就要从这条山路上隐去
我等候一个闪现的身影
那个骑自行车的人
我来时,同行的伙伴

我不敢转身,转身
耳边就响起沙沙的车轮声
仿佛那人会从我身后消失
我像路旁站立的一棵树

我坚信他会归来
就像坚信黎明
若一路同行的人一夜未归
我就站在路旁,直到把天空
站亮

墙　角

当年我风华正茂
却被逼到了生活的墙角

我发现，每一枝鲜花下
都藏着一只凶险的毒蜂

我用血泪，酿造一瓶烈酒
才有勇气，利剑出鞘

我在墙角一次次转身，抗争
无数次锻打。我发现
钢的韧性

墙角处，铜墙铁壁，无路可退
我借着烈酒的力量，一次次击退
猛扑来的骇浪

抱怨的人

面对抱怨的人
你是高山
他是山下一株小草
你是河流
他是河边一粒泥沙
你是波涛
他是被海浪冲到岸上的贝壳

巍峨的高山,俯览天下
涓涓细流,润泽大地
辽阔的海洋,把百川容纳

塑料袋与锈铁

一只塑料袋,被一股风掀起
得意地不断升高
以为自己是一片云朵
风停了,落地或挂在树梢
无人听见它的叹息

收废品的人路过
捡起草丛里一块锈铁
敲一敲,发出睡醒的声音
在钢铁的洪流中
再次闪耀金属的光芒

无 名 河

从山谷中奔流而下

不可一世,横冲直撞

入海时,迎面的巨浪

拍得它晕头转向

第一次遭受委屈

第一次被降伏

大海容纳了它

感化成,一滴滴

含盐的海水

再不是大地上的一条

小蚯蚓

一朵花前

踏芳的人流,一波波涌去
我悠然漫步其中
一朵美丽的花向我招手
我在它面前,愕然肃立
那晶莹的露珠,是泪滴
向我述说,曾经历的炎凉和风雨

"喜悦与芬芳的热泪
隐含着痛与苦的忧伤"

溪　流

绕过多少山峰
终于找到出口

肩负丛林落叶的寄托
带着泥沙、山岩峭壁冲刷的渴望

直泻千里，入海时
一朵波浪，托起一轮红日

浪花被点燃
汪洋，是它奔腾驰骋的草原

一 碗 水

一个口中冒火的路人
接过房主人欲泼掉的一碗水
仰面,一饮而尽

他再次仰起脸
口中喷出烟雾
他的心中,已升起
一片澄澈的湖

日开夜合

万花丛中的俗子

却高风亮节

收放,有节有度

一生,不争荣辱

看尽人间冷暖

临终,也不惧刀光寒影

挺直,细弱的身躯

瘦小低矮,比不得松柏巍峨

晨曦中,却绽放万道霞光

赏 荷

荷塘绿叶上，飘动小小云朵

举起颗颗圣洁的心

如菩萨聚会

踏着荷叶走向天垂

步履轻轻，转瞬间

了无踪影

叶面露珠闪烁

荷叶点亮盏盏佛灯

尘世的浑浊

倏然，透明清澈

证 书

一份辍学的证书
枯黄成珍藏的文物
如黄钟大吕长鸣
回荡主人心中的涛声

像只没放飞的风筝
像只没离窝的山鹰
空有一双击打长空的翅膀
冷落了辽阔的崇山峻岭

他也想把家乡称作故乡
却把一生在大山中
安放。那未曾翱翔的翅膀
始终以展翅的姿势,向着远方

一小块荒地

宅院外的一小块荒地
堆积着岁月的残渣
我不止一次绕过
像绕过大地的,一块伤疤

我决定医治这疼痛
担走一筐筐残砖碎瓦
又担来芳香的沃土
撒下,春天的种子

数日后归来
青菜成行,菜花绽放
丢失的春色
重新装点,大地的脸庞

寄 语

一位双手布满老茧的长者
用尽毕生的力量，弓起背
将少年托起
像托起山村升起的朝阳

少年哪，你可曾听见
响彻山谷期待的回响
那是山村数代人的念想
那是山泉对大海的渴望

红　枫

冷风袭来,花木凋谢
你傲立挺拔,如你的名字一样刚烈
把自己,燃成一团烈火

你举起遍山火炬
从不畏惧世间炎凉
直到流尽
最后一滴热血

雀 与 鹰

雀,爱在树梢炫耀
用细细的嗓音歌唱
从未飞上云端
从未在疾风中张开翅膀

鹰,掠过群峰穿云破雾
搏击风雨,却默然无声
腾空,只留一丝身影
穿进壮阔的九霄

雀,筑巢在树枝上
只在林间跳跃
只有鹰,守候山崖险峰
用搏击风雨的双翼,描绘
飞翔的一生

小 海 燕

一次次从岩岸上起飞
又一次次回落
母亲在海空招手
海浪向它致意,为它鼓与呼

羽翼渐渐丰满的小海燕
在海风中展翅,在海浪中搏击
终于飞进辽阔的海疆
浪峰,将它举过海平线上的桅杆

打开另一扇窗

疲惫的时候
我独自打开窗子
窗外,一片青葱绿意
我多么渴望收获
耗尽的青春,已有些褪色

我第一次顺手推开
从未打开的另一扇窗
惊喜地发现,我以前播下的种子
果实已快成熟
霎时,我的心开始沸腾
激荡出从未有过的快乐

那扇窗外的芬芳
提示我,金色季节即将来临
辉煌的光芒,从不愧对
洒尽热血的人

筛

凄雨中孤独奔波
谁能为我,撑把伞
谁能为我,提一下泥泞的鞋
谁能为我擦拭,风雨中的泪水

花开时的那些蜂儿蝶儿呢
像流水,从岁月的筛网逝去
曾经的甜言蜜语
化成污泥,如草木残花枯萎

剩下的是几颗顽石
日月验证,是恒星
不离不弃,是我的好兄弟
仿佛桃园的知己
卖草鞋的,卖苇席的
另一个是杀猪的

落下去的太阳
不是沉落海底的石头

强 者

把一路的绊脚石
垒成瞭望台

把一根根以为救命的稻草
集中起来扎成捆

把暗中刺来的血刃
拧成一根钢绳

以为他会倒下
无法再站起来

不！他用刚毅的奋勇
山一样昂然耸立

在瞭望台上看见了光明
在稻草的航标中扬帆
用钢绳把血腥与黑暗投进大海

朝霞只赐给迎接日出的人
那些敢于冲破黎明
让人生闪耀辉煌的人

漂　浮

哪里来的这些漂浮物
聚集在大海边缘
任由风浪和潮水涌荡

这些没肝没肺的东西
丢失了自己
在沃土上没有扎下根
也没有溶入海底

这些可怜的群体
在大海与陆地交汇处
幽灵一样漂浮

松 针

我看见几枚掉落的松针
细小,却像钢针一样锐利
依偎在母亲身旁
那是光秃贫瘠的岩石
风,无法吹去
它自有沉实的定力
年轮让它失去了容颜
仍不惧闪电雷雨
仍保持挺直的锐利
闪耀母体本质的坚强

迷　途

曾在微弱的星光下赶路
我急匆匆蹚过一条河流
记忆中的那两棵树呢
我折返，重回到岸边

走向另一个路口
仍不见那两棵树的影子
迷茫中悚然恐慌
再一次折返

重新寻找路口
我犹疑地向前，惊喜发现
那两棵树正在向我招手
这，才是我奔往的方向

多年后忆起那次迷途
庆幸及时折返。人生旅途
冥冥之中，我们都会有那两棵树
在远方，照耀航向

北方的冬天

北方的冬天,假如
没有飘雪,没有风吼
没有冰路,没有雪岭
像南方一样郁葱

我去哪儿寻找
大雪中耸起的屋脊
雪窗露出的灯光
那挺起厚雪的房檐下
闪闪亮的红灯笼
那些戴着棉帽、围巾
急匆匆赶路的山里人

我要寻找滑雪的孩子
哪个会是冬奥会上
为国争光的宠儿
我要把心里盛开的梅花
献给滑着雪橇奔驰千里雪原

巡逻边防线的亲人

北方的冬天哪,风雪的世界
北方的汉子,吼一吼
疾风后退十里
战悚的风雪,悄然无声

望 海

我在岸边眺望大海
找寻家乡大河的踪影
重拾少年击水的浪花
重听花落溅起的豪情

大海没有缓流细浪
没有微雨轻风
这是一片汪洋和惊涛骇浪
这里有追奔的船帆和潜艇

把自己铸成冲锋的战舰吧
去迎风踏浪、追赶前程
冲破滔天的电闪雷鸣
搏击汹涌的险涛暗流
涉渡茫茫航程
驰向，灯火绚丽的港湾

第二辑
亲情篇

给我一生追求的力量

心　港

舰船，从我心的港湾启航
载着青春
驶向远方的彼岸

归航时，海鸥在我海空的心
盘旋，直到望见
海平线上的船帆

浪花，在我心中激起锦霞
映红亲人的笑脸
波涛奏响乐章，响彻
我的心港

流 星

久在异乡的人
像一颗星星
挂在天边,遥遥望着
回家的路

一颗流星滑落
那是看见了
家乡小屋的明灯
急切地扑进
亲人怀中

那棵老树

奔向老家的宅院
要路过街头那棵老树
每次在树下驻足
我都会感觉年轻
那里仍回荡童年的声音
那里仍有小伙伴嬉闹的身影
夏天树下乘凉,拂过清爽的微风
冬天绕着树,把童心和雪球
抛向空中

如今,身在遥远的异乡
梦中化作鸟儿,飞落那棵树上
叽叽喳喳的啼鸣
把自己惊醒
再也找不回那棵老树了
我成了一只找不到家的鸟儿
在那上空久久盘旋……

关 爱

阳光一样的母亲
看我寄回的照片
欣喜之余,脸上浮起一丝阴云
夜里,响起母亲的电话
要我保持在家时的笑容
要我恢复奕奕的眼神
要我像以前那样挺直脊梁
敲敲胸脯,就有家乡
大山的回声

我心中滴出泪
打湿了眼睛
阳光一样的母亲哪
又一次,撑起我奔波异乡的天空

圆圆的月亮

秋风凉了,明月
照着朦胧的家乡
也照在游子心上
迢迢千里路,何日是归程

院子里,葡萄熟了
醉了小山村
远方的我,举起斟满的酒杯
对月,一饮而尽

又是收获季节
又该掂量大地金色的重量
何时,趁圆圆的明月返乡
不愧对亲人灯下的守候

房　子

母亲又说起老房子

夏天，屋内热浪翻滚

冬日，四壁寒霜

母亲抱紧我，一滴泪掉落我脸上

我感受到母亲的心

像跳动的炉火

如今，住上新房

历经艰辛沧桑的母亲，脸上绽放花朵

屋里常年绿叶芬芳

母亲心里，小曲悠扬

她仰起笑脸，满屋都是

灿烂的光

葡萄架下

我又藏进葡萄架下
月亮从缝隙认出我
那个淘气的小蛋子

我要找回小秋千
重听妈妈葡萄一样的小曲
重看小伙伴葡萄般的笑脸

葡萄架依旧站在那儿
月光依然洒满架前
却只剩下我
独自品尝架上,缀满的
酸涩童年

夜　行

漆黑的夜色
车灯像游鱼的眼睛
执着地探寻，返乡的方向

不眠的心
被一张挚爱的网牵引
耳畔回荡亲人期盼的声音

远远望见老家的小院
屋檐下，母亲身披一盏红灯
满院花开，满屋春风

望

我伫立窗前
凝望远方
心,像滑动的流星
飘落在小村的庭院
擦亮,童年的梦

那里吹来的风
溢满果实的芬芳
那里飘来的云
透射谷物的金光
那里走来的人
是匆忙赶路的乡亲

儿子拽着我的衣襟
说昨夜,梦见奶奶
站在村头眺望

爱去的地方

村头小河旁,是她爱去的地方
听流水述说过往
看芳草收藏的月光
手抚光滑的石板
触摸他当年的体温
柳丝,遮不住他俩的笑靥

霜月,晚风拂动,好像他一会儿就能来
一同坐在石板上,牵手
一同重度
余年时光

一杆秤

一杆小秤,把我从梦中惊醒
那是当年母亲托起的沉重

我颤抖着接过这杆秤
未成熟的心,学会镇定
踏上一条秤杆小路
追随母亲心中的黎明

城里大街上,我称过母亲种的黄瓜、豆角
称过母亲采摘的樱桃、山里红
秤砣像山梁上喷薄的日出
秤杆上寄托闪耀的金星

我拿着换回的学费,背起书包
母亲望着我上学的背影
她的微笑,给予我顽强和从容
一杆小秤,挺起我
昂首的人生

母亲的快乐

每次回到乡下
母亲脸上,像雨后的花朵绽放
临走时,母亲去院子里摘蔬菜
她总想把整个小菜园
都装进后车厢

母亲一次次给我分享
她种下的快乐
回城的路上,溢满芬芳
也滴落
忍不住的泪行

收获时节

仲秋的早晨,寒气扑窗
仿佛遮挡视线的墙
我思乡的心,张开翅膀

那片辽阔的土地
玉米该已熟黄
耳畔响起收获的镰声
也听见,庄稼叶的声响
听见亲人在田间的絮语
好像有阵风
吹进我心里

父亲说:"又是收获的季节"
母亲说:"远方,有人走进
我的心房"

吹竹筒的老人

一位鹤发老人
用竹筒,吹旺一堆篝火
火苗呼呼地响
如同吹响他的唢呐

音调在他心里回荡
成群鸽子在他心里飞翔
还有山鹰盘旋
鸟雀啾啾歌唱

当年,那位姑娘循声而来
与他走进阳光的日子
唢呐声声,吹响欢快的岁月

如今,他独自吹旺火苗
像吹响唢呐,她仿佛仍在身边

温暖着自己

唢呐被她带走了
她说,在沃土里不会孤寂

高 原

这里的云朵很低
伸手就能够到云中的雨
这里的蓝天很矮
跷脚就能触到天壁
这里的大山苍凉
裸露着整个臂膀
这里的河水明亮
银河是它的源头
这里没有尘世的喧嚣
看不见叽叽喳喳的鸟儿
一位手摇经筒的朝圣者
迈着稳健、安详的步履
我跟随他的虔诚
一步步，在梦幻中
缓缓前行

面向远方

群山被你甩得很远
甩过一条条地平线
你婷婷站立大地中央
纤巧的双手合十,面向远方

你的马,竖起耳朵
倾听传回的声音
和你一样静默
和你一样祷告

是亲人传回心语
是蓝天,俯视你的虔诚
远方,闪烁着亲人祝福的神光

路　口

岁月馈赠她满头银丝
拄着拐杖踽踽独行
站立夕阳闪耀的路口
眺望村头攒动的人群
女儿下班的身影闪过
她满脸皱纹间升起笑容

这是她当年走进小村的路口
一位黄花姑娘,已被岁月
渍成老朽
看到女儿洒脱的英姿
路口,重变年轻

期　待

那几盆吊兰，仰起脸
朝我妩媚微笑
茶几洁净，猜透我的心思
与我同享幸福时光

那几只空椅，愣愣望着我
我也呆呆望着它
等待小燕子归巢那一刻
激荡满屋歌声
大海一样欢腾

牵 手

雷雨中,小孙子抓紧爷爷的手
不再担心走丢
风雨里,爷爷握紧小孙子的手
心中涌过汩汩暖流

从小孙子稚嫩的手心里
爷爷找回了逝去的时光

把寄托,一份一份装进小书包
这是爷爷,曾丢失的重量

祖孙牵手,握得更紧
一同走向,风雨后的彩虹

十六岁男孩

1

把高铁换成了绿皮火车
为省下父亲
两天的工资

带上一件新衣返校
这已花掉母亲辛劳三天的
薪水

懂得停止挥霍
懂得开始思索

2

小屋的门,等我很久了
它始终看着我,一天天长大

我的床,拉我坐下
让我感受往昔的温暖
我曾在它怀里,辗转反侧

我的小书桌,亮起眼睛
问我是否写完作业
它的厚望,递给我光亮

鱼缸里,小金鱼撒欢儿
狭窄水域,困住它一生
却启示我,要到外面的世界
闯荡

3

再不是,数星星看月亮的年龄
再不是,说"狼来了"就关紧门窗

心里有了自己的蓝天
眼里有了自己的路标

世界的大门向我敞开
我已有了冲出寂寞的勇气

去寻找属于自己的天地
耕耘自己广袤的田野

盼 望

村头又有人站立,像那棵老槐树
痴痴望着远方
身后村舍柴垛,升起袅袅炊烟
仿佛也在半空中
遥望

节日的小山村,挂起红灯
像亲人的目光,照亮乡路
远方飘来的云朵,映出
亲人的身影

"回家啰",山里人响亮亮的喊声
引来几声狗吠,震响一串鞭炮

站立雪中的人

她站在村口的雪中
欣赏压弯的枝头
目光眺望远方

盼大雁归来
那句震撼肺腑的诺言
能融化这莽莽雪野

她闻到新鲜的气息
她听见树下的絮语
心里已百花绽放

今日,她穿着艳丽的盛装
祈盼那归来的身影,带来
心中的早春

背 包

到家了,久渴的心得到滋润
卸下背上的沉重
卸下满满的思念

假日虽然短暂
却童年一样快乐
心,像大海般辽阔

假期流星似的逝去
又要匆匆启程
背起那沉重的乡愁

仿佛鸟儿,衔着不舍的花香
绕着小院盘旋。怀着温馨
飞向,山水相隔的远方

母亲的旅游

一辈子没走出小村的母亲
却一次次拒绝
为她安排的旅游
儿女的几句热心被她浇灭

后来,
一辈子辛劳勤俭的母亲
终于答应出行
全家人走得像盛开的花朵
接上母亲,抵达新修的高铁车站

站台上,她沿着铁轨远望
像望,一辈子祈盼的憧憬
那是神圣的远方
那是我返乡归来的地方

列车闪过,像一道彩虹

母亲默默地说，知足了
知足了，仿佛一块巨石落地
激起我辛酸童年的回声

外公的画

外公满头白发
却开始学起了画画
外公的画,异常波澜壮阔

起笔微细,且直
连接处略粗,弯曲
接着颠簸起伏
像海上波浪,更像海啸
线条中,我看见泪痕和风雨
看见奋勇搏击的浪花
收尾一笔,粗壮有力
上方,升起一轮红日

外公指着画对我说
"无畏,才能谱写壮阔人生"

蓝天的儿女

万里无云的蓝天
像宽厚慈爱的母亲
庄重,深邃,安详

白云是她的儿女
一朵朵,去了远方
无拘无束地流浪

几朵阴云在天边显现
仿佛是我从远方归来
翻滚的阴云,是我满满的
乡愁

天空滴下几滴思念的泪
打湿了母亲,刻满皱纹的
额头

不愿猜测

心里牢牢记着
你像一棵欢快的小树
蹦一下,树梢就过房檐
青春绽放绿色光彩
仍在我心中闪耀

多少年了,我依然记得
你挺拔的样子
如今,我已老成枯枝
我不愿猜测你
那是我无法抗拒的痛

落 叶

暮秋时节,落叶
像飘浮尘世的心
落回母亲的怀抱

母亲教会的那首歌
再一次轻轻吟唱
一生表达不尽的爱
再一次悄悄献给母亲

哪怕只剩一点微弱的心跳
也要穿透泥土
贴紧母亲的心

他 们

他们,像从前线撤下来的兵士
在风雪中换防

他们,日夜兼程返乡
浑身还沾着水泥砂浆
背包里装满一年的辛劳
也装满,说不出的忧伤

他们,为了村口等候的亲人
再一次,挺直了脊梁

寂 静

盛夏,我特意带孩子回乡
听取田间蛙鸣,感受
原野翠绿的光芒

当我们经过茫茫田野
窄小的乡路荒凉而寂静
一股小河淤积的异味扑鼻
寻不见蜻蜓和孩子快乐的身影

夜里,我们睡在童年的土炕
灶房传来蛐蛐低鸣
孩子兴奋地要去捕捉
我制止,让他静静倾听

今夜的蛐蛐,可是我儿时玩耍
从碗边逃跑的那只?
它正在一声又一声
唤回我的童心

惦 记

第一缕晨曦送他匆匆出发
太阳落山,却没能把他接回

父亲,像深秋的一枚叶子
用颤抖的心,惦记着儿子

一家人的日子,压在儿子身上
父亲在屋,像叶子被风吹得团团转

曾抱他长大的老屋
曾回荡他童音的老屋

父亲走出屋子,像路口那棵老树
举着枯枝,瞭望他晚归的身影

手　势

我又要外出了,在村口
父亲一边嘱咐,一边向我挥手

我回望父亲,突然感到一种力量
父亲挥动的手势,就像一座山
一座可以依靠的铜墙铁壁

父亲的一双大手,正为我举起
前方的灯盏

一 朵 云

从家乡的方向，飘来一朵云
仿佛飘来晨起的炊烟
我望见了母亲
在灶前生火做饭

耳边传来她熟悉的声音
喊，田园锄禾的父亲
也听见，喊我的乳名
让我装好书包，吃饭

从家乡的方向，飘来一朵云
飘来我童年的梦
我望见了母亲，正迎风
梳理，额前的白发

是 你

坡上一尼姑
欲背起一捆山柴
很吃力,站不起
一位小女子
将她轻轻扶起

尼姑回首,合掌致谢
两人同时惊呼
是你?!
是你?!

衣　裳

雨天，不能到田间干活
母亲整理柜里的衣裳
指着一堆没穿过的衣服
让我告诉媳妇
不要再给妈买衣裳了
这么多，这辈子也穿不完

妻子对母亲的孝心
像一朵花儿在我心中绽放

我看到柜角一个严严实实的包裹
小心翼翼地解开
我以为是传家宝
解开，却像一块块旧抹布
母亲接过去，手在颤抖
她说，这是当年她的嫁妆

霎时我的心一阵收紧

被那沉重的年轮

碾压出泪水

父 亲

那时,父亲用赶牛的鞭子说话
抽得我在地上翻滚
却不敢喊,疼

他丢下鞭子
转身那一刻,我看见
他偷偷用手擦去
脸上的泪痕

隐忍几代人的苦水
父亲用耕犁大地
牛蹄一样的手
为我一遍遍研墨

后来,我考上县城中学
他挑担三十里送我
我第一次看见父亲眼里
笑出泪花

一只猫

我来到打过工的地方
坐在休息室的长椅上
那只猫跑进来
依偎着我,像久别重逢的亲人

喵喵……它伸出小爪
温柔地搭在我手上
它是我喂过的小猫
现已长大

临别时,我和主人挥手
那只猫也站在路口
喵喵的叫声
呼唤我,一次又一次回头

灯光与樱花

冬季窗前,一束灯光
搭起天梯,接上天穹片片雪花
雪花飞舞,簇拥着
那读书少年

春风里,一丛樱树
捧起一束束鲜艳的樱花
举过头顶,举到窗前
献给那有志少年

灯光,展开一条宽阔的路
引领少年踏向远方
樱花,孕育火红的果实
等待少年采摘

五 婶

每天驾着农用车,送女儿上学
像驾着一朵祥云
驰过村头的溪水
芙蓉绽放花朵

返回田间耕作
身影在禾间闪动
她企盼女儿走出这田野
也企盼田野秋的收获

她弓起的背,犹如村头
亮起一道彩虹

饮 料 瓶

妈妈为我的生日
特意买了一瓶饮料
我把饮料喝光
空瓶子,成了妈妈的水杯

妈妈用它,一次又一次
装满井水,仿佛装满
无穷力量,装满希望

在田间劳作满脸淌汗时
妈妈仰起干渴的嘴唇,一饮而尽
浑身,又有了使不完的劲

琴 声

小屋里，常常响起琴声
引来鸟鸣和春风
白云伴随节奏舞动
蓝天也静静地倾听

琴声化开母亲病中的呻吟
脸上浮起慈祥的笑容

突然，一根琴弦断了
天空布满阴云
从那一刻
小屋陷入永久的沉静

沉静的琴弦落满灰尘
像泪水流尽，寂寞无声

冷清清小屋
琴声，凝固成永恒的冰凌

我腾空跃起的力量
能把崇山峻岭踏平

母亲最后那一缕慈祥的笑容
激励我，闯荡一生

新 征 程

——写给贵晗、轩宇同期出国求学

一样的嘱托

一样的希望

话语似山中清泉

离绪如亮丽的晨阳

仿佛春天，花开灿烂

犹如秋日，硕果飘香

这一刻，紧握双手

血液相通相连

积蓄坚强浑厚的力量

能举起一座山，能倾尽一座汪洋

一次超强劲的跨越

征战的旗帜，插上心中的高峰

飘扬

第三辑
乡土篇

家乡,是仰望的月亮

春　夜

山村夜静，能听见柳枝

吸吮大地奶汁的声音

月光下，能窥见青草发芽的律动

山村人悄无声息的梦

从一天疲乏中溜出

跑回田野，祈盼丰硕的年景

谁家的狗，喊醒黎明

炊烟，挂上山峦的围巾

朝霞升起山里人心中

播种的彩虹

一盆山花

从小村带回一盆山花
居室里,芬芳四溢,山泉流淌

把我拉回少年
追撵山坡上蝴蝶飞翔

山花,植入我幼小的心灵
蝴蝶,给了我一双翅膀

我稚嫩的双手高举山花
望山外白云飞呀飞

飞出崇山飞向远方
畅想的梦,飘着芳香

山花在居室,蝴蝶在梦里
我回到小村,展开翅膀

轻 风

烈日,直射山脚
一棵云松,磁石般将我吸引
一蓬蓬,像千手观音

干旱的风,轻轻飘来一缕
云松微微挥一挥手
依然如大山般宁静

又一缕轻风吹来
云松又轻轻挥一挥手
如禾苗饥渴,盼一场雨

我悄悄,像捕捉蝴蝶
捕捉到干旱的风,飘动的旋律
我听见云松,对遍野禾苗
忧虑地叹息

山里孩子

小手握着土铲
跟父母在果园锄草
累了,躺在父母的衣服上
吸吮太阳的光芒
多像果枝上的一枚绿叶
仰望山外,仰望飘动的云朵

父亲说,这孩子该上学了
母亲说,长大让他去品尝新的生活

他在梦里微笑
梦见满山苹果
妈妈住上新房子
爸爸开着小轿车
他在教室听老师讲课
在操场上和同学们玩耍

阳光的爱抚惊醒了他,睁开眼睛
向父母倾诉,梦里的快乐

槐 花 香

绿叶中,一串串洁白
那是遍野槐花飘香
引来蜜蜂成群,嗡嗡
颤动翅膀

仿如冬天,白银树挂
诱来少年的红围巾,树林间飘荡
一串串咯咯的童声
把银色的寒冬,敲响

风变换音符
让时光交替歌唱
一幅幅季节的彩图
在人们心中,激荡回放

小村的太阳

每天清晨,她爬上山冈
用炙热的唇,母亲一样吻我
终日望我,播种、锄草
收获、挥镰
一年四季的光芒
在我心中闪耀

一次,我穿梭城市街道
像疲惫的蜘蛛迷失了方向
我仰起脸,看见了小村的太阳
母亲般慈祥,冲我微笑
一道闪亮的光线,像母亲温暖的手
穿过蛛网,指向
家的方向

小村的月亮

月光下,小村甜甜地睡了
月儿守护着疲惫的村庄
守护着每一户淳朴的人家

忽有陌生人路过
月亮,唤醒小狗
叼着他的影子,送出村口

一次傍晚,我在山坡劳作
坐下就睡着了
月亮用银色的手指把我唤醒

护送我回家。小村的月亮
仿佛亲人,守护着小村的安宁

干旱时节

天空,空空的天
难得飘来一朵云
我想伸手摘下,化作雨
浇灌二伯家的自留地
二伯的腿瘸了,种地都得求人
我想再摘几片
浇邻家和自家的地

我伸手够天,却抓不住一丝云影
我揉了揉干裂的嘴唇
和手拄棍子的二伯一起
干巴巴望着苍天
二伯翘起的下巴上
长满了龙须

外　婆

我去看望外婆
她时常翻腾往事
那些陈糠乱谷子
就像她心中的顽石,跳来跳去
说到痛处,顽石的缝隙
渗出几滴泪滴

我静静聆听,无法将她的痛
化解成流水
临行时,我望着外婆
弯腰送别的步履
我发现,她每翻腾一遍顽石
脚步就变得更轻盈
眼里会闪现一丝
不易察觉的亮光

冬眠的叶子

深秋,冷风吹过杨树林
绿叶,像一群孩子
换上金色的外装
扑入母亲的怀里

绿色的心,潜入泥土
与大地同盖一床雪花被子
陪伴母亲冬眠
做着春天的梦

春风里,重新爬上枝头
用绿色的音符歌唱
歌唱朝霞的向往
歌唱太阳的辉煌
歌唱苏醒的万物

山中小道

仿佛一根藤条,从空中垂下
那人往上登攀
像一只灵巧的猫
更像一滴露珠
融入半山云端

日复一日,那人在果林
风一样飘荡
收获时节,传递芬芳
醉红了
一座山
犹如天堂飘落的锦霞
在他心中灿烂

身　影

天刚蒙蒙亮
路边田地里，就有人干起农活
围着头巾的身影
仿佛我记忆中的母亲

山村一代代母亲哟
把家乡的土地耕耘
家乡广袤的土地，把一代代母亲
劳作的身影
珍藏

乡 土

春风唤醒小草
小草引来,遍地忙碌的人

乡土虽不流油,却养育小村
一代代顶天立地的灵魂

走出去的,驰骋万里山川
血液里回荡山泉奔涌的声音

留下来的,耕作一方天地
守护着永不枯竭的乡土

一年一度天涯闯荡,累了倦了就返乡
一年一度播种希望,收获苦与甜

他们都连着
深扎乡土的——根

飘动的云

蓝天,飘动着游云
一群群,像奔赴一场约会
更像寻找雷声,解困大地的饥渴

犹似乡野上的人
一群一伙,为日子奔波
去往异乡求索

有时,白云停泊蓝天
仿佛群帆避风港湾
更像匆忙的人驻足,歇一歇

歇一歇的白云
像是异乡劳顿的人
思乡的心,荡起波纹

哦,那些停歇的白云
是在思念江河
波浪中,有它幼时玩耍的身影

种 谷 子

山坡上，一块种谷子地
幼时，妈妈常带我
干农活种谷子

累了，妈妈叫我地头休息
她却汗水湿透，像雨水淋衣
我翻看寓言和童话
神奇将我幻化在梦里

我倏然奔向远方彩虹
腾云驾雾，跑出山村
耳畔回响着妈妈的一句话
"跑出大山的孩子才有出息"

多少次梦见妈妈
还在那谷子地里干活
她向我张望，频频挥动
我儿时那件补丁缀补丁的上衣

当我返乡探望妈妈
那块谷子地里，多了一个土丘
妈妈把自己，也
种到地里

我，是她结出的
一粒谷子

插 艾 蒿

我站在端午节的清晨
回望远古征战的沙场
那位善良的阿婆呀
是怎样,向疯狂的军爷祈求

"保全我背上的孩子
这是他的前妻所生
要杀,就杀我和我手拉着的孩子
这是我的亲生,军爷呀!"

军爷的刀锋,立刻失去寒光
双手瘫软,仰天长啸
号令三军,插艾蒿的人家
不许闯进,不许动毫毛一根

从此,普天下
端午节,家家做标记
将房门、屋檐,插上艾蒿
世代都愿做善良的人

挥汗如雨

蓝天无一丝云影
大地静寂,无一缕微风
禾间那些忙碌的人
弓着身,挥汗如雨

心,在喜悦地倾听
禾苗拔节的声音
那是大地传出的心曲
涌荡着人们收获的心情

田野期待季节
举起遍野沉甸甸的黄金
收割机一路豪情
唱出人们心中欢庆的高峰

邻院大娘

傍晚,骤然降下风雨
邻院大娘还没回家
小孙子哭喊着妈妈
声音撕心裂肺

我找遍她家的田地
又觅向田间小路
发现她,正伫立风雨中
像河边,那株倾斜的树

她听出我的喊声
喃喃问我,怎么还看不见家门
我在雨中叹息着回应
是你走错了方向

她的儿子、儿媳都外出打工
把一个沉重的家交给了老人
我搀扶她,犹如亲人

像搀扶着

风雨中支撑空巢的

那棵树

大地的女儿

一个勤劳的身影
在禾苗间闪动
遮阳帽,挡着如火的阳光
也挡着急骤的风雨
却挡不住,脸上流淌的汗水

那是我幼年,常跟随的母亲
她说,自己是大地的女儿
离不开大地的怀抱
像我,是妈妈的女儿
总在妈妈身边缠绕

庄稼葱葱拔节
谷穗,晃动在妈妈心中
她脸上绽放着微笑
头上越来越多的白发
是大地,盛开的花朵

一棵枯树

漫山绿丛中
一棵倔强的枯树,挺拔着
虽然失去了葱茏
根,还深扎在岩层缝隙
撑起一小块蓝天

我仿佛看见这棵树
飘荡的灵魂
在山坡下一座小院里闪光
一个枯瘦刚毅的身躯,苍老
仍支撑小院的门

他只要在院子中央一站
发出的光,照亮了儿女子孙
远行的路

低 沉

低沉的唢呐声
低沉得不能再低了
大地感到了痛

山村里一位老人
一辈子,像长在地里的庄稼
如今,连根也翻入大地

他一生收获的粮食
能堆成几座山
能铺满通往县城的路

为他壮行的唢呐声
压低了流云
地上小草齐刷刷鞠躬

唢呐低沉,大地疼痛
痛得大地——
又隆起一座山峰

中秋时节

中秋时节,天空很蓝
蓝得深邃、纯洁、高远

俯视大地,最低洼处
小山沟亮出晶莹圆滑的石头

战胜过山洪狂泻的惊险
山里人,是冲不垮的山岩

莽莽山野,飘起谷香和果香
涧水载着山歌,唱彻远方

十月的黄昏

大地酿造一坛美酒
让一个季节遍野飘香

家家户户亮起灯盏
等待从四野悠悠归来的醉汉

几颗星星在头顶闪现
爬上山坡的月亮露出笑脸

小村的灯盏是落地的星群
十月的黄昏,我可爱的家园

收　割

那男人，收割庄稼
一口气割倒一大片
身前，收割丰收的十月
身后，敞开又一个春天

女人递过一条新毛巾
又递上一串刚摘下的葡萄
一年流淌的汗水
都被这毛巾融成温暖
一年辛苦的劳累
都化作这葡萄的香甜

那男人，像牛犊撒欢
爽快地冲着女人喊
"我浑身有使不完的劲
噌噌直往上蹿"

田野上飘落云朵

深秋,大地空荡荡
仍散发未尽的余香
忽然一片片云朵飘落
在田野上张开翅膀

五婶正轰赶鹅群
捡拾季节的遗落
那是种谷人流出汗滴
结成的金粒,粒粒都要归仓

寻 找

场院在繁忙脱谷
机器马达在欢快地歌舞
谷草垛起伏如山
孩子们反复攀爬,仿佛童话世界

像寻找,父辈滴落的汗珠
像寻找,父辈对孩子闪亮的许诺
或是寻找,父辈年轮里
渗出的辛酸岁月

他们呼喊着,攀爬得那么执着
仿佛每个孩子
都找到了
自己未来的路

老 井

岁月深处的这眼老井
周围石头,已被月亮磨圆
谁也说不出它的年龄

如今,家家用上自来水
过着喜悦富足的日子
有人提议,填平这废弃的老井

五爷劈手横着
指着辘轳、绳索的沟痕
那是多少代人辛酸的泪纹

只有这眼老井
能讲述往昔的苦与痛
填平,就切断了
山村人的神经,掩埋了
山村祖辈的碑文

听 歌

年轻时,她多想唱歌
生活却像失落绿叶的枯枝
苦涩,也像沙滩断流的小河

如今的日子,像百花蜜流淌着芬芳
像小河泉水,叮咚嘹亮
而嗓音,已长满锈渍皱褶

儿女们给妈妈买来唱机音响
就像儿女陪伴她,在身边歌唱
让妈妈的晚年充满欢乐

小村的雪

1

烟囱呼呼冒着黑烟
同北风烟雪叫板
那是二婶生起炉火
呼呼蹿起火焰
等儿子和媳妇下夜班
进门抖落雪花
满屋春天

2

开超市的二狗子
顶着北风烟雪
开着三轮车去进货
他轧出的车辙
立刻被雪填平
不留一点痕迹

像潜伏一夜的兵士
去抢夺天机

3

三伢子,在屋里闷得慌
打开音响唱起歌
嗓眼里飞出,一群白鸽
在雪地上飘落

音响声越大
雪,越是起劲地下

4

一伙打雪仗的孩子
像雪天蹿出大地的青稞
头顶湿漉漉的热气
那个滑雪的二愣子
不声不响,闷头发力
滑呀滑,他说

长大要参加冬奥会
夺下一个奖杯

5

这雪，没膝深
也没挡住他的脚步
去河套，看他那块地
那里，有他一年的憧憬

回到家，一身豪气
热一壶老酒，对天畅饮
不邀明月，只邀雪
雪，送来了丰收的请柬

雪花笑盈盈，盖住他踏出的脚印
提示他，把粮仓修好
丰收会把小日子
涨满

冬天的杨树林

一艘艘战舰的桅杆
顽强抗击着
漫天卷来的巨浪
铺天盖地的风雪

没有一丝弯曲退缩
征战的旗帜,如火
呼啦啦向前冲击
奏响铿锵的歌

驰向花的海洋
灿烂飘香的季节
春色来临的港湾
绿油油的麦浪,等候
战舰停泊

大年夜的礼花

1

一年一度,在冰雪中绽放
孕育又一年,大地丰硕的谷香

2

虽是短暂的灿烂
却常年在心里芬芳

3

烂漫遮住了星光
憧憬是心中升起的朝阳

冰　河

我在冰河岸边站立
在明镜前重新认识自己
虽已老态
苍劲中仍有几丝生机

心里深深记忆
曾在这河里游泳摸鱼
迎面扑来浪峰
我挥手劈去

此刻，冰下传来咕咕声
仍似我潜藏水底
像鱼儿放出气泡
至今还在水中
传递春的讯息

冬　影

小草拱出地皮，瞭望
喜鹊跳上枝头，歌唱
惊蛰了，河水欢腾
几块残冰试图把冬捎走

却留下冬影，躲闪
犹如小河的睡衣
被春风荡起
匆忙间，惊醒

母校门口

每次路过母校门口
我都低着头,悄悄走过
像鸟儿怕掉落羽毛
怕止不住汩汩泪水

本是绿色年华
在这里折断了翅膀
因贫困而无法飞翔
再没有迈进校门的机会

多少年,耳畔常听到上课铃声
如渴的心仍绿意葱葱
多少年,黑板仍亮在眼前
沉痛,像巨石压在心中

又一次路过母校门口
心里含着泪,悄悄走过
这岁月的伤疤
痛了我一生

身背琴弦的人

在公交车或大街上
我常看见身背琴弦的长者
满脸红光,如初升朝阳

我踏上公园的路
心像鸟儿,被清雅的音乐吸引
我停下翅膀,看一群彩蝶伴舞

我突然想起少年时的小提琴
跳动的音符,在墙角尘封
我只顾奔忙在生活的征途

多么羡慕这些退休的人
时代赋予他们潇洒的激情
悠扬的乐曲,唤醒我心中
沉睡经年的小提琴

清　晨

一群鸽子围着群楼飞翔
仿若洁白的游云飘荡

把清晨舒爽的风
一缕缕送进，每一扇开启的窗

让每户房间都充满绿意芬芳
让每个人都心生白鸽，扇动翅膀

晨光中小区流光溢彩
宛若祥和的人间天堂

大山，我的母亲

离家时，回望大山
像母亲站在身后
眼睁睁望我
仿佛望着飘向远方的云朵

大山给了我昂首的身躯
也给了我，迎风傲雪的本色
在奔忙的疲惫中
仍像大山，挺拔着

第一次体验亲情的饥渴
像一块会走动的山岩
缝隙中也渗出激动的泪水

母亲将我，轻轻抚摸
听我述说远方的日出日落
母亲赞我，没丢失大山的重量
喧嚣中，仍葆有大山的本色

从家乡返回故乡

每次从家乡归来
我都带上一把乡土

次数多了,竟装满一个花盆
长出一棵家乡的月季

小小居室从此充满家乡的芬芳
仿佛我从未离开家乡的田园

从此,我不停地从家乡
返回故乡

人在征途

回一趟老家,匆忙
来不及叙旧、倾谈
一切都在不言中
心里热乎乎地暖

喝一杯家乡水
品出往日的甜
看一眼家乡的山
心中激荡无穷的力量

别时,热泪洒在母亲胸前
昂起头,踏上征程
做家乡的山峦,风雨中岿然

族　谱

我不止一次，翻看
尘封多年的族谱
那上面清楚记着
登州府，蓬莱县，长山岛

我崇敬地叩问谱上先人
是怎样在顺治八年漂洋过海
又为何泪滴溶进波涛
洒落关东茫茫荒原

我手捧这泛黄的族谱
像捧着，几个朝代的厚土
也像捧着，一座汹涌的大海
用泪水浸泡，悠远的月光

我多想返回先人的故地
寻找他们，最后的那双脚印
寻找他们，在水中颤动的身影
那是怎样，生与死的一场别离

老 房 子

子女特意为父母购置的楼房
母亲只住过一次
她说,离开乡下的老房子
就像丢失了以往的岁月

她不止一次地说
住楼房风光时尚
但心里空落落
像脱落的叶子,飘荡

住惯的老房子
那里有自己忙碌的身影
那里珍藏着自己失落的青春
那里回响,儿女的每一朵微笑
那里还有,自己没放飞的风筝

老房子,在母亲心中
是一座辉煌的宫殿

更像宁静的港湾

她默默守候、祈盼

远航舰船凯旋的壮景

老　家

一棵参天大树有多高
沃土里，就有多长的根

石头上生出苔藓的老井
是小山村，永不枯竭的梦

大河奔腾，每朵浪花
都在回望，山泉给它源源的生命

身在远方的游子呀
千里万里，童心仍守候家门

暮色里倚门，等待父母带回
满屋田间的星辉

如今，失尽年华的双亲倚门期盼
远方的亲人，踏进雪映红灯的家门

空 房 子

雪地里一座空房子
还在村头,空着
主人像一对啄食的鸟儿
飞向如春的南方

不止一次,从梦里飞回
一遍遍描绘装修的图案
规划家具摆放的空间
房子里充满神奇的梦想

定时闹钟突然把他唤醒
千里外的空房子,依然空着
等待他,去勾画蓝图
等待他去填充多彩的生活

山坡小道

是谁家情窦初开的少女
把心爱的纱巾失落山脊
历经多少年风雨
仍牵动山里人的思绪

今日随意走过这条小道的人
那牵手的少男少女
碰落草尖上的晨露
仿佛是那少女的泪珠
她捧起满山花朵,破涕为笑
鸟啼,是她面对山谷
喊出的心语

那棵云松

回到家乡的小山村

迫不及待要做的事

是登上青龙山顶

寻找那棵崖缝间苍老的云松

三十多年了

它始终在我心中挺拔

我要攀上松枝

打落满地松塔

我要寻找松树根部

采不尽的蘑菇

我要探望,飘落松树上的云朵

那里藏着我少年时

绚丽的梦

面对云松许下的诺言,隐隐地痛

我要让那棵云松重新见证

我向往的路，无论有多长

我要重新振翅

飞向远方

登 山

家乡最高的山峰
曾举起我快乐的童年
让我眺望山外的世界
云海茫茫

一次返乡
山峰又将我举向天空
我第一次回望
路程的艰险

家乡的山,是我心中的坐标
世俗中,身影从来不倚不偏
当年随身携带的那粒山石
我常紧攥着,跋山涉水

重登家乡的山
重听大山对我的叙谈
又一次望见绚丽的霓虹
又一次站立山巅,扬起风帆

旅　人

穿过落光叶子的树林

乘着北风烟雪南行

地平线消失那一刻

他回头,扬手高喊

归来时,带回一叶江南

旷野回荡着春天

树林昂起头,目送他远行

等他归来时

遍野花海,绿柳成荫

带上一把乡土

离家外出闯荡
临别时,心里空茫茫
母亲用她的小荷包
装一把乡土
"儿呀,带上,你会更坚强"

每逢遇到难处,滴泪时
我就拿出小荷包,与乡土对视
仿佛看见母亲,慈祥又沧桑的脸
听见了她闪亮的语言

我两脚生根
吻了吻这把乡土
男儿的热血重新激荡
挺胸昂头
站立成家乡大山的模样

风 筝

幼时的春天,我常跟着姐或姨
去村外放风筝

像一只只放飞的鹰
翱翔蓝天

多年后,我回到老家
有的称婶,有的叫嫂

她们的孩子和我幼时一样
也喜欢放风筝,盼望飞翔

山里代代年轻人,都像风筝
心里有根红线,牵在亲人手中

青 龙 山

古寺今何在
石塔已西飞
代代人猜测,棺材石底下
是否藏着金马驹
山顶的云松,为何不翼而飞
再也恋不住飘过的云朵

山下河水仍在奔流
述说昔日香火的虔诚
住寺的老秀才,不知去了何方
他未曾剃度也未曾娶妻

如今,漫山瓜果飘香
村民的心坎里,一条龙正在腾飞

夜宿九龙川

夜梦中,我恍惚听见
一缕风从耳边擦过
是九龙子的呼吸
是他思念大海的絮语
他宁愿失落满身龙鳞和波澜
也情愿留守人间

东方闪亮,拉开晨雾
裙衫跌宕起伏
是谁把红艳绣球抛上山顶
让世人惊叹
九龙戏珠的奇观

白 云 山

浓浓的云雾,涌荡群峰
像一座座岛屿,屹立海中
我驾舟击浪
在远古的汪洋中航行
仙人洞,八仙夜宿的洞穴
耳边犹闻吕洞宾的箫声

一橹轻舟,荡起古远的浪花
仙人洞,仙人洞
我兴奋地在洞口高喊
洞里传出八仙响亮亮
久远的一串笑声

夜　色

夕阳落进三江源小区水中
点亮岸边群楼的明灯
水中的霓虹绚丽迷人
仿佛天上的街市

虹桥下水波轻轻抖动
鱼儿兴奋地在水中穿行
引来欣赏的情侣驻足
满河闪动翡翠和金银

条椅上老翁不断絮语
说起往日这荒郊凄冷
今日成了仙境
老叟还童，重度
失落的人生

海 城 河

落日,潜入河底
余晖溅起满河星星
海城人梦中的河
甜甜的金银涌动

晨曦,河面飘起锦纱
牵来生辉的朝霞
家乡的河呀
迎来一个又一个飞腾

人流追撵脚步,车辆奔驰
工地上机器声伴着哨音
家乡的河呀
拥着一座拔地而起的新城

回溯蛮荒时代
这里是退海之地
如今,河水仍向大海奔涌
跳跃的浪花,歌唱新时代

三 江 源

花丛簇拥座座楼群

柳丝轻抚飞鸟的翅膀

云端有人漫步

天边有轻舟荡漾

疑似西子湖畔

还是莱茵河异国他乡

一条彩虹落地生根

通往世代憧憬的天堂

浪花荡起鱼儿飞跃

风儿醉了,歌声飘向远方

这里,给人眷恋的情怀

这里,给人飞翔的翅膀

云天高耸塔吊

像巨臂抒写辉煌

大地响起隆隆脚步

是三江源,向新时代的天空

飞翔

这里，是晚霞飘落的地方

这里，是朝阳升起的故乡

第四辑
七月篇

奔腾的黄河长江

太 行 山

一座座威严耸立的山峰
一列列整齐布阵的士兵
耳边传来,当年的号角嘶鸣

从血泊中唱响的那首歌
仍然紧绷太行人的神经
警惕着狂风骤雨的来临

太行山的父老乡亲
气势激荡着当年的豪情
高唱着《在太行山上》,比当年
更嘹亮、恢宏

红 高 粱

我又看见了红高粱
遍野的红高粱
像遍野冲天的火炬

曾埋葬敌人的青纱帐
每一株挺拔的红高粱
都是出鞘的刀枪

高高的红高粱
遍野的雄兵
时刻等待,一声号响

老区的红高粱
依然积蓄着怒吼的力量
随时化作一颗颗
准备升空的火箭

红军小战士

把自己粮袋里仅剩的一把米
给了受伤的叔叔
抓一把沙土,添进粮袋
继续背着

他也有爹妈
才认准红旗的队伍
那旗帜上,浸染着亲人
最后一滴血

他留在了茫茫雪山
最后那一刻,伸出稚嫩的小手
做出冲锋的姿势
雪山又挺起一棵崖松

那是永远震撼的号角哇
响彻茫茫雪山
回荡在代代人心中

战　马

博物馆里，一匹照片上的骏马
嘴贴着地皮吃草
耳朵警惕地倾听

那是一匹从炮火中冲出的战马
从死神手里
抢出昏迷的主人
紧紧叼着他的腰带
拖进树林，与他同卧
等待主人苏醒
让他爬上脊背
滴着血，向另一个阵地
冲锋

至今，马背上仍留有
一位共和国将军的体温
它同将军一样，千古留名

潜 伏

匍匐着,屏住呼吸
不让一根草动,不发出一点儿声音
燃烧弹已点燃了身躯
卧着,卧着,两手抓紧土地

流泪的沃土哇
把男儿搂紧,再搂紧
阿玛尼和你一起潜伏
祖国和你永远在一起

直到冲锋号角响起
大地卷起三千里怒涛
更像愤怒的大海
将强盗葬进海底

牢记着热血染红的土地
阿玛尼用伤痕铭记
顽强不屈的土地
鲜花芬芳绚丽

古 城 楼

——题贵晗画

像一位亘古的老人

昂首屹立城头

历经多少世纪的沧桑

看透春与秋的更迭

听惯了怒雨朔风

阅尽世间兴衰,与谁论说

逢盛世,喜获重生

倾尽郁愤畅抒豪情

融入锦绣江山

昂起头颅,不再弓身

护城河水仍闪动刀影

等待,鼓楼上响起

新时代的号角声

散 步

1

晨阳挥舞锦霞
暮色醉了黄昏
为我们这些散步的人
送来一路温馨

迎面走来的
或脚前脚后同行
那么熟悉,又那么陌生
每个人脸上,都有岁月的刻痕

都曾闯过隘口
都曾迎险冲锋
都从一个战壕撤下来
都为一个信念,坚守终生

相逢何须曾相识

望一眼,脸上没散尽的征尘
就知道,我们是战友
追梦路上换防的老兵

2

我把一生走过的路
叠放在暮年休闲的途中

耳边时常响起号角
那是在前线,曾奋勇冲锋

我时常抬脚向前奔跑
掠过他人的身影

是战士,永远心怀激情
倾听世纪的风声雨声,电闪雷鸣

晨 练

清晨,小区的环路上
每天都有跑步的人
老年人精神抖擞
青年人神情刚毅
飒爽英姿

我问那青年人
他仰望朝霞又回望新城
凝重地举起拳头
吐出钢铁的声音
"等待母亲召唤,随时上阵冲锋"

母亲的叮咛

母亲在村头喊我
迎着北风追来,像北风
吹来一片雪花

我慈爱的母亲
曾站在冰天雪地
拎小秤,卖小菜
一分分攒钱,供我读书
为一句嘱咐,特意叮咛

她指着雪地上的脚印
要我前行路上
就像这样,走得踏实、纯洁、清晰

母亲为我第一天上岗壮行
让我牢记,时刻都有母亲
阳光一样温暖我的心

地 图 前

一位老人,经常
站立在一幅雄鸡状的地图前
审视标注的红色之箭

那是他,曾浴血奋战的地方
那里有他倒下的战友
那里有他怒吼的力量

如今,那里有他子女守候的身影
征战的旗帜飘扬
闪耀青春一代,心中的向往

每当风起云涌
或骤然雷雨
地图前,他热血激荡

他有时微笑

有时两脚颤抖不停
红色箭头，闪耀出
他心中的光芒

大 海

我第一次来到大海边
对妈妈说,放开我
我要亲亲这海洋的辽阔

浪花层层向我涌来
伸出一双双光洁的臂膊
拥抱我

一层层波涛
对我热情歌唱
妈妈说,这是大海在赋予我力量

啊,祖国的大海
刹那间,融进我辽阔的心中
神圣而浩荡

湿 地

让脚步轻些,再轻些
这儿多么幽静,远离尘嚣

这儿是大地的胸膛
是母亲跳动的心房

那一望无际的芦苇
是母亲堂皇的衣裳

为欢迎儿女到来
她放飞,一群群仙鹤、天鹅

那水波粼粼的抖动
是为我们兴奋而激荡

啊,湿地,我们生命的源泉
母亲心中永不枯竭的血浆

珍 藏

远在异国他乡
只能使用外币
可我衣兜里,始终揣着一张
有伟人头像的人民币
那是离家时,母亲塞进我的衣兜
嘱咐我,好好珍藏
她说,远在异国他乡
心,不会孤单不会迷航
因为我的背后
永远有强大的祖国在守望

废 墟

这是圆明园的废墟
如同历史的伤疤,不能触碰

这里积蓄着怒吼的汪洋
呼啸了一个又一个世纪

这里汹涌着浩瀚的波涛
是恨与痛集聚的滔天巨浪

还有,还有更多的屈辱
都在这废墟上凝聚

圆明园哪,是大地喷发的出口
积聚着一个伟大民族
奋勇崛起的力量

夜 航

第一次乘机夜航
从祖国的北方飞往南方
像展翅的大雁,实现了毕生
飞翔的梦想

掠过一座又一座美丽的城市
掠过旅途中的灯火辉煌
连接成一串串大地的珠宝
那是祖国昂首挺拔的脊梁

飞临南方一座秀美的城市
仿佛久仰的亲人,向我招手
我像一个孩子,扑进母亲的怀抱
回望家乡的方向,星光闪耀

我替伯父戴上勋章

——庆祝中国共产党百年华诞，我戴上一枚"光荣在党50年"勋章有感

我突然想起伯父
大革命时期就是中共党员
他身负母亲的重托
去唤醒苦难中的人民
起来，起来，不愿做奴隶的人

他奔走他乡，组织工人运动
忍受母子不能相认的痛苦
为了承载远大抱负
他在黑暗中传播革命的火种
潜伏，等待升起的朝阳

多少年了，无人发现
他高大的身躯
仍潜伏在历史的旋涡中
等待母亲的召唤

坚守神圣的信仰

伯父,我今天替你戴上
这枚沉甸甸的勋章
去实现中华民族
伟大复兴的梦想

小村的重量

七月的红船上
亮起一只灯盏
点燃了中华大地的暗夜
也点亮了无数小村
多少有志青年走出
冲锋,紧紧跟着红船

走出小村的董秀峰
举起了北方的火炬
大革命时期
就奔赴辽南,辗转松辽平原

征战的号角吹响
小村走出一代代昂首的青年
数一数,就知道小村的重量
沉实,像一串明珠
在大地闪亮

北道，西沟，王坎，敞沟
八路军盛家二兄弟，还有
王家老大赶赴淮海前线
刘氏老儿子战死在辽沈沙场
张家老大跟随队伍打到海南
谢氏兄弟雄赳赳跨过鸭绿江
王家儿子走出去就再没回来
烈士碑上留下他青春的誓言

小村哪小村，你名字虽小
地图上看不见一个点点
可你的英烈之气
高过每一座崇山
祖国的天空，有属于你的一块蔚蓝

七月的红船上
那盏灯，永远指着航向
掀起一波波追梦的浪涛
小村虽小，却紧跟着红船
高举永不褪色的旗帜
号角声中，新时代的小村人
前仆后继，奋勇向前！